大空へ、自由に…！

夜間中学より

玉川浩二
Tamagawa Koji

風詠社

はじめに

私は、2018年3月に定年退職を迎えましたが、それを機に、私自身の歩んできた道のりの日々を振り返り、今までを整理し、心を整理し、これからの旅への心のあり方を見つめたかったのです。私は在職中にさまざまな所に勤務し、さまざまな人と出会い、さまざまなドラマを経験してきました。私が巡り会えた生徒さんとは心からの語り合い、叫び合いができたと思っています。彼らとは「詩」を通して、心の交流をしてきました。「生徒さん」という言葉を使ったのは、通常私達の世界で使っている言葉でもあり、事実上、私より人生の大先輩にあたる人はもちろん、さまざま事情により、学齢期に「行きたかったけど、行けなかった学校」、「学びたかったのに、学べなかった学校」を経験され、年齢を重ねられても「学ぶ喜び」を感じ真剣に「学び」と向き合っている姿に敬意を表してのことです。

ここまで記述すれば、私がどんな世界の学校に所属しているのか、おわかりと思いますが、私は退職までの最後の勤務校を「教育の原点」を見つめ直したいとの思いで、「夜間中学」と決め、この3月で5ヶ年が経過しました。

この5年間においては、私自身、とても貴重で、人として大切なことをたくさん学べたところであり、同時に私が経験したことを、少しでも知っていただき、夜間中学へ理解と「学ぶことこそ、生きることなんだ。」と言うことも、少しでも考えていただければ……との思いで、本を自費出版することにしました。

私は、2年目からあるクラスを担任し、毎週月曜日には、後ろの黒板に「詩」の紹介をし、ずっと4年間書き続けてきました。退職を意識し出した途中から、「記録として残しておこう。」との気持ちになり、それが量としてもある程度に達したので、自費出版の気持ちがさらに強くなり、このような運びになりました。つたない、つまらないどこにでもあるような内容とは思いますが、一読していただければ幸いに思います。

まず、7ページからは、うちの学校で取り組んだある生徒さんの文化活動発表会における「体験発表」を紹介させていただきます。

大阪市立天満中学校では、文化活動発表会が毎年秋にあり、昼間の生徒と共に共同で、発表会を開催しています。

毎年、午後の部で「夜間」の取り組みの発表があり、今年度は、私の担任するクラスの84歳のMさんが発表されました。

よく読んでいただければ、彼女の生きざまを通して、大切な何かを感じとれ、共感し、感銘し、学ぶところも少なくないかと思いますのでよろしくお願いします。

その後、私が書き綴ってきた「詩」を鑑賞していただきたく思います。

約2年分の詩集を掲載しているので、同じようなタイトルで複数枚あるところもあり、又、あるタイトルについては、角度を変えて視点も変えて作詩しているので、複数枚にのぼるものもありますので、その点ご理解いただければ幸いです。

尚、4月の入学時から始まり、3月の卒業期までを綴っていますので、その時節での風と香りを感じながら、味わっていただければ嬉しく思います。

さらに、昨年度の卒業式での「送辞」の原稿づくりの係にもなりましたので、その内容も掲載させていただきます。

最後まで、ゆっくりじっくり読んで味わっていただき、少しでも心が元気になっていただければ、また、いまだ「夜間中学」を知らない人が読んでいただき「入学」したい気持ちになっていただけたら、この上ない喜びです。

いざ、夜間中学の世界へ、そして大空へ、自由に……！

目次

私の人生を、今顧《かえり》みて……（Mさん　大阪市立天満中学校・文化活動発表会にて）

私のこれまでの人生を振り返って、今、心の中で率直《そっちょく》に思うこと、感じていることをお話させていただきます。

私は熱心なクリスチャンの両親のもとで、生まれ育ちました。小学生の頃から、体が弱く病気がちだったので、**全く学校にも行けず悶々《もんもん》とした日々を送り、寂しくつらい思いばかりしていました。**

そして「いつかは、学校に行きたい…」との思いを持ち続け、新聞のチラシをたくさん集めました。チラシの裏の白いところが、ノート代わりになり、学校へ行き出したら、ためになるからと思ったからです。

そんな生活は、中学校までも続き、結局義務教育9か年少しも学校にも行けず、中学の卒業証書も手にすることができなくて、**とても歯がゆく悔《くや》しく情けない思いばかりしていたことを今でも忘れることができません。**

母の優しく熱心な育て方で、だんだん元気にはなったのですが、**その時は、もう学校には行けない年齢になっていました。**

21歳で結婚し、四男一女の子供たちに恵まれましたが、生活が苦しかったので、様々な仕事を手掛《てが》けました。

結婚当初は、主人がセーターを織《お》る職人だったので、主人が機械で編《あ》む仕事をし、私が「かがり」と言って袖《そで》などをつけて仕上げる担当をし、出来上がったセーターを商店街の店先で販売していました。立ち仕事で、夜遅くまで働いていたので、睡眠時間も5時間程《ほど》で体力的にもギリギリのところで頑張り続けていました。

また、シャーリングと言って、大きな機械で鉄板を切断する仕事にも就《つ》きましたが、**「いつか手を切断するのではないか…」と恐怖心の中でおそるおそる仕事をしたこともありました。**

さらに、和家具や婚礼家具、ロッカーや書庫などの販売も経験し、コンビニを開業したこともありました。

やがて、50歳になり、日々の生活に追われる中、ちょっと体調が変だなと思って病院に行ったら、**なんと胃に悪性の癌が見つかってしまいました。**その時は、極度《きょくど》の絶望感に陥《おちい》り、「もう、ダメだ。最後だなぁ…」と思い頭の中が真っ白になりました。手術の決断に至るまでに時間を要《よう》しましたが、**「自分の生命力にかけてみよう…」**と思い直し、大手術に向き合い、胃の3／4を切除しました。1ヶ月の入院期間を要しましたが、手術も成功し、早期発見だったと言うこともあり、回復も早く、元の生活に戻れました。

　その頃は、不動産業に携《たずさ》わっていましたが、その後、5年後に主人が亡くなり、ショックが大きく途方《とほう》に暮れる日々が待ち受けていました。でも、やがて「**二人で立ち上げた不動産会社だ。失《な》くすわけにはいかない。天国で主人が応援してくれているんだ…**」という気持ちになり、現在まで30年間会社は存続《そんぞく》しています。

　だんだん心のゆとりが出てくると、小さい頃の悔しい思い出が蘇《よみがえ》り「**もう一度、勉強をやり直そう。まだまだ、知識が不十分だ。**」と痛感し、天満中学校に夜間学級があることを知り、9年前、学校の門をたたきました。とても嬉しかったけど、一方では「ついていけるだろうか…」という不安と心配もうれしさと同じくらいありました。幸い、優しい先生方ばかりで、細かく気配りしていただき、いろんな知識を増やすことで**生きる力もついてきたように思います**。夜間学級で学べて、**私の人生は１８０度変わり、今まで9年間も続けられました。**

　私は、現在84歳、夜間学級でさらに勉強を続けたいけど、来年3月には卒業です。少し寂しいけど「**勉強は一生のもの…自分を試してみたい。頑張れるところまで頑張ってみよう…**」と思い、来年、高校進学を目指します。

　自分なりに必死に歩いてきた道です。今日まで頑張ってこれたことに、とても重みを感じています。若い昼間の生徒さん、自分で楽な道ばかり探さないで、**自分しか築けない人生を送ってください。**

そして、これからの長い人生、つらく悲しくどうしようもなく、自分の歩いている道で、迷うこともあると思いますが、自分の生き方には自信を持って、いつでも前向きの気持ちを忘れないで、明るく人生を一歩一歩前進していってください。ご静聴、ありがとうございました。

大空へ、自由に……!

—夜間中学より—

出　愛

ここでの出会い
この時の出会い

一つの出会いが
人生を
根本から変えることがある

ここでの
この心の交流が
出愛の中
忘れられず
大きな勇気に変われることがある

いい出会い
いいふれあい
いい語り合い
天満で始まる
4組で始まる

出会いに出愛

新春の出会い
天満での出会い
4組での出会い

この出会いに
乾杯・・・！
この巡り合いに
感謝・・・！

ここでの出会いは
心からの出愛
お互いの違いを認め愛

助け愛
支え愛
励まし愛
協力し愛
強固な愛
絆育む出愛

春が来た

春が来た
春が来た
おひさまの「おはよう」が
少しずつ早くなり
おひさまの「おやすみなさい」が
少しずつ遅くなる
吹きつける風に
優しさと
温かさと
さわやかさと
ぬくもりと
新鮮さを同居させ

桜が満開の今
春が来た
春が来た
ここ天満の地にも・・・
そして
明るい笑顔と
明るい挨拶がはじけ
新しい出会いがあり
新しい生活が始まる
春が来た
春が来た
私の心に・・・
みんなの心に・・・
天満の心に・・・

人の道とは

人の道とは
その道のりが
造られるものではなく
造るもので
ゲームでも演出でもない

人に見せるものでもなく
人のマネをするのでもなく
人によって優劣をつけられるものでもない

無理をしないで
自然体のままで

自分に
正直に
まっすぐに
強く信じる道を
一歩一歩
自信をもって
歩いていくことなんだ

これでいいのだ
これがいいのだ

おはようビーム

今日も
誰かが
おはようビーム
ビームに捕まれば
怒った顔も
不機嫌な顔も
むっつり顔も
たちまちにっこり
子どもも大人も
一日中ずっとにっこにこ・・・・
人から人へ伝わっていくおはようビーム
街でも話題のおはようビーム

4組でも
いっぱい輝く
あいさつビーム
ぽっかぽっかで
ぬっくぬくで
心が通い合う
幻のビーム

変　化

5分早く
家を出た
会えるはずのない人に会えた
見ることのできないシーンに出くわした

大きな変化は
こんな小さな変化から
起こるのかも知れない

いつもの道より
回り道も
遠回りもしてみた

笑えましいシーンに
いつもの道より
多く出会えた

少しの変化を
自分から
見つけ出していこう
作り出していこう

今の今

今　ふんばれなくて
いつ　ふんばれるのだろう
今　耐えられなくて
いつ　耐えられるのだろう
今　がんばれなくて
いつ　がんばれるのだろう
今　情熱を燃やさないで
いつ　情熱を燃やすのだろう

今　やらなくて
いつ　やれるのだろう
今を大切にするのが今
今のこの時の流れを大切にすることが今
今の今
私達の今は
今しかない
大切にしていこう
4組での今を・・・！

私の空にて

ずっと、よその空だった
ようやく
空が私を見てくれるようになった
風もやさしくなった
光も包み込んでくれるようになった
私に
私らしさを運んでくれた
ここに
私自身を安置できるようになった
さあ
やろう
私らしく

自分らしく
やれることを
自分しかできないことを
地に足をしっかりつけて
私の空の下にて

ひとつのことに

ひとつのことに
ひとつで取り組んだ
ひとつの音に
ひとつになり
ひとつの動きに
ひとつになり
ひとつの声になり
ひとつの心に・・・
小さなひとつひとつが
大きなひとつになり
巨大なひとつを創り出す
練習ではうまくいったけど

本番ではどこか狂いが・・・
でも
ひとつになろうと
ひとつの心で
ひとつになれた事実は残る
やり切ったひとつを
ひとり、ひとりごとのようにつぶやく
ひとりのわたし

土手の細道

土手にできた小さな道
肩幅ほどの細い道
くねくねに曲がりくねった道

いろいろな人生が
ふみかためて
つくられた道だ

悩んだり
迷ったり
苦しんだり
悲しんだり

そして
楽しんだり
微妙に
左右にゆれながら
それでも
ずっと
ずっと
続いている

さまざまな人生が
夢が
ドラマが
はぐくんだ道だ

みつをさんへ

みつをさん
だれにだって
あるんですね
ひとに言えないくるしみが
ひとに見えない悲しみが

だれにだって
あるんですね
どうしようもないもどかしさが
どうしようもない歯がゆさが

忠告どおり

だまっていますが
ぐちになりますから

でも、
自分にだけは
正直に
まっすぐに
向かい合えばいいのですよね。
まっすぐに
ひたむきに

あたりまえだけど

空がでっかく青いのは、あたりまえだけど
でっかく青い空が好きだ
海が広く青いのは、あたりまえだけど
広く青い海が恋しい

犬が吠えるのは、あたりまえだけど
ワンワン、吠える犬が好きだ
猫が鳴くのは、あたりまえだけど
ニャーニャーと鳴き、足にまとわりつく猫が愛おしい

私が私であることが、あたりまえだけど
私が私であることが愛おしい

みんながみんなであることが、あたりまえであるけれど
みんながみんなであることが愛おしい
みんながみんならしく
４組のみんなであり
たわいなことに笑い
小さな悲しみにも心を分け合い
ささいなことも助け合う
そんな４組が
と、とても好きだ

自分を小さく感じた時

果てしない海を見た時
限りなく青く澄んだ空を見上げた時
生き生きした緑いっぱいの中にいる時

人と同じようなことをしている時
やがていつかは・・・と考えた時
楽ばかり求めて行動している時
厳しさをさけて自分にくよくよしている時
ちっぽけな失敗に沈んでいる時

そして
自分を大きな人間だと勘ちがいしている時

自分に自信がもてなくなった時

何が欲しいのん

健康やんか
友達もいるやん
好きな物も食べれるやん
したいこともできるやん
自由もいっぱいあるやん

何より
生きているだけで幸せやんか
今
こうしてここにおれることで十分やん
他に
何を欲しいのん

欲張りでは、ダメ
愛と
ぬくもりと
笑いにも
包まれているんだから

しっぽ

自分のおしりは
自分では
見えないが
自分のおしりは
誰からも
よく見られている
他人のおしりも
見たくないけど
よく見え
どこからでも
目に写ることがある

なまいきなしっぽ
自分よがりのしっぽ
欲張りのしっぽ
勝手すぎるしっぽ
あさましいしっぽ
ずるくあつかましいしっぽ
出していないと思っても
ふと
出してしまっている
ふと
見えてしまっている
人のしっぽ

降雨、好雨

私の
心の渇きを潤してくれる
ポツポツ雨

私の
心の疲れをやさしくいやしてくれる
シトシト雨

私の
心の汚れを洗い流してくれる
ザーザー雨

生きていくことに自信をなくし
自らの眠った心を目覚めさせる
稲妻混じりの
ゴーゴー雨

どんな雨にも
それぞれの
奥深さがあり
深遠さがある

偉大なる君と

心が淋しく
むなしさが襲い
つらく
悲しみのどん底に落ちこんだ時
私は
偉大な君と会いたくなる
大きなものを見たくなる

はてしなく広く青い大空
限りなく広く青い大海
迫力に満ちた大自然

静けさの中で
大きなエネルギーに包まれ
大きな力をもらう
生きる力が湧いてくる
君といっしょなら

今日を巡って

今日という
この一日は
今日以外に
今日しかない

今日に全力投球
今日に一生懸命
今日に完全燃焼

小さな今日でも
今日に
心を込めて

精を尽くして
命をぶつける

小さな一日の今日を
大切に生きる

小さな今日の一日に
心を尽す

大きな今日に
つながる今日と信じて
明日が
明るい日となる今日と信じて

挑戦

自分を見つめ
自分を許り
自分を試す

自分を知り
自分を生かし
自分に挑む

たとえ悪い結果でも
どこまでも自分を磨き
ひたすらに努力する

心と体を目ざめさせ
成長する自分のために
挑戦・・・！
チャレンジ・・・！

みつをさんへ（1）

いいですか
みつをさん…
どんなにどんくさくても…
どんなにのろまで
どんなにしくじってばかりでも

いいですよ
大切なことはね
素直な心で
まちがいをまっすぐに認め
まっすぐに改める心があればね…
そして

確実に行動が伴えばね
そこに
向上心と謙虚さと勇気とが同居していればね…

こんな答でいいでしょうか
まちがっていませんか
又、返信とアドバイズ
よろしくお願いします

みつを&こうじ（1）

自分の花
名もない花
めだたないけど
花を咲かす
実をつける
路地裏でも
ひっそりと
根はしっかりとはり
いのちいっぱいに
咲かせている
実をつけている
いのちいっぱいに

みつを＆こうじ（2）

枯れた
すすきが
まだ美しい
さらさらと
秋風にさそわれて
いのちいっぱい
一生けんめいに
生きてきたからだ

ちからいっぱい
まっすぐに
正しく

生きてきたからだ

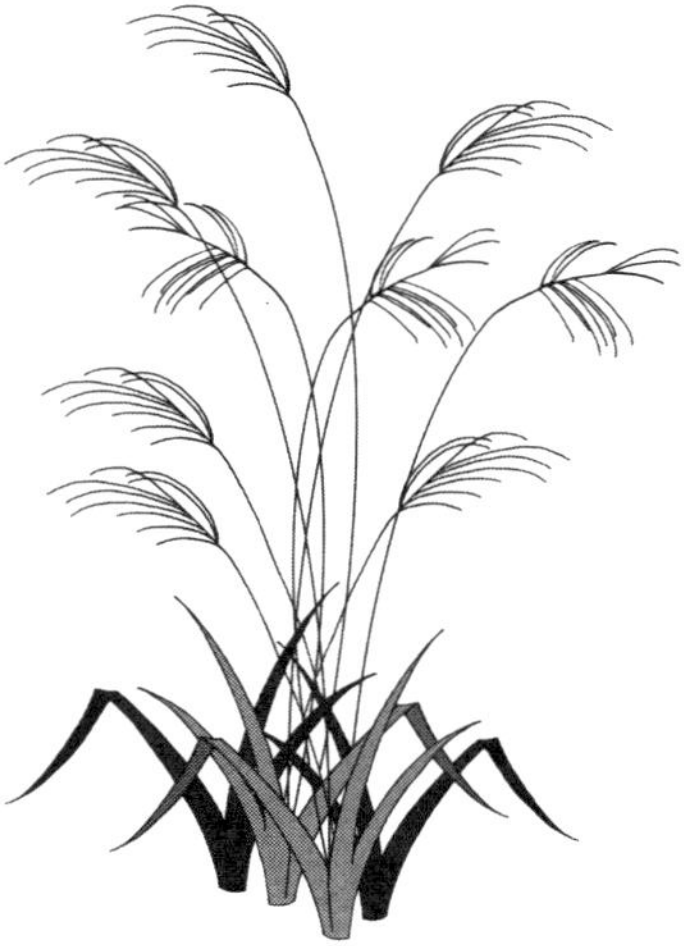

新たなスタート

さあ・・・！　夏休み
楽しもう・・・
はじけよう・・・
との初期の心は
無残にも泡のごとく・・・

猛暑
酷暑にて
「暑さ」には勝てず・・・

とにかく
また新しいスタートだ

今、ここに
ここで誓おう
4組のみんなにも
実りある
成長できる自分であろうと
青春を
思いっきりぶつかっていこうと
全力で
生きていこうと

「暑さ」に負けた反省の上に立って
ふがいない心の弱さに
負けないで

スカイメール

明るい
きれい
すがすがしい
心晴ればれ
スゥーッと
吸い込まれそう
空を見ていると・・・

空を見つめていると
なんだか楽しい
なんだか嬉しい
なんだか幸せ

そして
ちっぽけな自分が
ちっぽけなことに
くよくよしていることが
情けなく思えてくる
バカげて見えてくる

夕陽が沈む時
ちょっぴりさびしくなる
ちょっぴり悲しくなる
でも
それは明日があるということ
明るい明日があるということ
4組への
無言の空からのメール

めがね

近眼で
めがねがないと
何も見えないけど
めがねがあっても
見えないものがある

未来
将来
夢
真実
心から欲しいもの
人間の愛

せめて
心のめがねだけは
曇らせないで
時には涙で洗い流そう

美しい自然の中で
ゆっくり休ませ
栄養分を補い
さわやかな風を
体いっぱいで受けとめよう

秋風台風

はるか南洋から
はるばるのお客さま
決して
喜ばれる来客ではないが
さりとて
恨まれるばかりの来客でもない

あの猛暑、酷暑の連続
灼熱地獄のど真ん中で
一度も姿をみせず
おかしい・・・
変だ・・・

不思議だ・・・
「異常だ」と来訪を期待していたのは
私一人だけではないだろう

だって
台風が訪れる度に
涼しさが増し
台風が来られる度に
季節は移ろい
快適な秋に近づき
実りの秋へとつながっていく
台風が
来日しないと
きっと
秋も来ないから

そして
冬も
来ることはないのだから

生きる（1）

生きる
生きていること
今、こうして
この屋根の下
この教室で
この友と
共に
机を並べ
学び合うこと
共に
助け合い、励まし合うこと
共に

腹の底から笑え
心の底から話し合えること
そして
その中で
自然とぬくもりが感じられること
やすらぎが感じられること
「生きている」って
素直に心から思えること

生きる（2）

生きる
生きていること
今
こうして、ここで
確かに存在していること
自己確認できていること
平凡でも
ありきたりでも
私が私なりに
私自身を見失なわないこと
凡人なりに
私を私なりに

精一杯生きること
一生懸命生きていること
自分の道を信じて
コツコツと
一歩一歩
確実に
前進していくこと

生きる（3）

生きる
生きていること
生きている活動をしていること
ミミズだって
オケラだって
アメンボだって
自分の世界で
邪魔されないで
伸び伸びと
自由であること
樹木だって
草花だって

名もなき植物だって
自然の中で
ありのままに
精一杯
生きていること
そして
私が
私なりに
それらにあやかり
感謝すること
いたわること

今を生きる

私が
生きているのは
昨日でも明日でもない
今日の今日
今の今を生きているのだ
若かろうが年寄りだろうが
男であろうが女であろうが
今の今だけ
私は
悩んだり苦しんだりもするが
たとえ
どんな辛いことがあろうと

逃げないで
今と闘って
今を生き抜いてやる
たとえ
負けても傷ついても
私は
私らしく
今を闘い抜いて
明日も
明後日も
その先も命あるかぎり
自分を生き抜いていく
精一杯生き抜いていく

みすずさんの「こころ」へ

おとうさまは
たくましく大きいけれど
おとうさまの心も小さい
だっておとうさんはいいました
小さいわたしで心配だって
わたしは子どもで
ちいさいけれど
ちいさいわたしの
こころはたくましい
だって
たくましいおとうさんほど
まだ心配はなく

伸び伸びと
楽しく
毎日を
過ごせているとおもうから

こだまでしょうか

「勉強しよう」というと
「勉強わからない」という
「教えようか」というと
「教えて」という
そして
ふと見つめ合い
「今日も楽しい」というと
そっと
「今日も楽しい」という
こだまでしょうか
4組での響きも
にっこり笑んでいる

みすずさんも…
そして
20の瞳も……

人

ひとつ悲しいことがあると
ひとつ優しさに近づく
ひとつ辛いことがあると
ひとつ傲慢さがなくなる
ひとつ苦しいことがあると
ひとつ強くなれる
そうやって
人は
かたちを変えていくんだね
そうやって
人は
人としてのぬくもりが

備わっていくんだね
成長していけるんだね

すすき

枯れた
すすきが
まだ
美しい
さらさらと
秋風に
吹かれて
とっても
美しい

いのちいっぱい
一生けんめい

生きてきたからか
力いっぱい
まっすぐに
正しく
生きてきたからか

そんなすすきが
愛おしい
そんなすすきが
す、すきだ

貴重なもの

ますます
便利で
楽な生活をめざす
世の中

すたれていくのは
心
そして
人と人との心のあいさつ
心の絆

失くしたくない

失くしてはいけない
人の心
人としての心

枯らしたくない
枯らしてはいけない
あたたかい心
ぬくもりのある心
人としての愛
そして
４組の笑顔

あたりまえだけど

空が青いことは
あたりまえだけど
空が青いことが
とても嬉しい

海も青いことは
あたりまえだけど
海が青いことで
心が落ちつける

鳥がさえずることは
あたりまえだけど

鳥がさえずることで
心の安らぎを覚える

私が私であることは
あたりまえだけど
私が私であることが
とても嬉しく大切なこと

下手でいい

絵を
うまく描こうとすると
つまらなくなる

字を
うまく書こうとすると
味気なくなる

人生も
うまく生きようとすると
どこかで
大きな穴に落ちてしまう

下手でいい
下手でもいい
いや
下手な方がいい

そんな
ひとり言が
私を私らしくさせる
心を軽くさせる

だから
下手でいい
下手がいい

私の幸せ

当り前のことが
どれだけ幸せなことか
やっとわかった
話すことの幸せ
食べられることの幸せ
歩けることの幸せ
自由にできることの幸せ

だけど
一番は
それに気づかせてくれた今
支えてくれる家族

信頼できる友
それらの存在そのものが
私の幸せ
心からの幸せ

路地裏通り

大きな道よりも
小さな路地を
歩くのが好きだ

整備された道より
路地裏を歩くのがいい

アスファルトが敷きつめられた道よりも
石ころが
無造作に
ころがっている道がいい

すずめにも小猫にも出会える道
小さな虫ケラにも出会える道
踏まれても
起き上がろうとする草花にも出会える道

そんな
小さな路地裏通り
名もない道を
歩くのが好きだ

不思議と
心が落ちつく
妙に
心が元気になる

心の駅

朝は始発駅
平凡でも
日々新しく
おどろきと感謝を見つけたい
心はいつも乗車中
天満の空の下
新しい発見に胸踊る

夜は終着駅
今日を生きた手ごたえ
明日へ希望をつなげ
ゆっくり休む

終着駅はやすらぎ

大阪のど真ん中の
わが学舎の駅は
始発駅で終着駅

私たちの活力の駅
生きがいの駅
やすらぎの駅
かけがえのない駅
心の駅

マイウェイ

人は　すべて同じ道を歩かない
いや
歩けない

それぞれに
適する道があり
適する長さがあり
与えられた道がある

たとえ
石ころだらけの道でも
泥だらけの道でも

曲がりくねった道ばかりでも
また
それらが複合的にからみ合っていても
限界とあきらめ
断念することなく
絶望ととらえるのでもなく
コツコツと
自分を信じて
歩き続けるのみだ

あきらめないで
地道に前進していけば
きっと
誰かが手をさしのべてくれ
神様だって応援してくれる

だから
与えられた道で
私は
私らしく
一歩一歩
前進していく

無題

道は一本
単純で
まッ直ぐがいい
何かを欲しがると
欲しがったところが
曲がる
道は一本
まっすぐがいい

みつを

4組も一つ
それぞれが

こうじ

それぞれに強い個性があるが
それぞれに輝いている
それぞれに
精一杯努力している
それぞれに
精一杯生きている
それでいい
それがいい
4組は一つ
ありのままがいい

みつを

人里はなれた
谷間の白百合の花は
誰にも見てもらえないのですが

少しのかけ引きもなく
精一杯の美しさで
咲いています

こうじ

大阪のど真ん中の
繁華街の一角でも
見てもらっているようで
見てもらっていない月見草
実にたくましく
実に懸命に
実に強く
他と較べることなく
堂々と
自分の花を

美しく咲かせることができました

（注）相田みつをの詩を引用させていただきました。

のりしろ

はみ出している余白
でも
邪魔物扱いにして
切り離しては　ダメ…！
切り捨てては　ダメ…！
だって
大切なのりしろだから
でっぱりがあってあたりまえ
かっこ悪くても気にしない
なくてはならない存在なのだから…
目には見えない
努めがあり

かけがえのない
使命があり
働きがあり
そして
確かな
貢献があるのだから・・・。
完成後にも
無限のサポートがあるのだから・・・。

あと一歩

ちょっとだけ
今をふんばってみよう
がんばってみよう
もういやで
もうやめたくて
もうしんどい
でも
今、ここで全てをやめて
全てをあきらめてしまえば
後から
自分をほめてあげられる・・・？
あと少し

あとちょっとでいいから
がんばってみよう
きっと自分を好きになるから
必ず自分の成長を確認できるから
きっといっぱい輝けるから

元気の素

ごはんを食べてさえいれば
元気になるんじゃないよね
睡眠をとれてさえいれば
元気であることじゃないよね
体力があることだけが
元気があることじゃないよね

友達と自由にしゃべったり
どこか行きたいところに自由に行ったり
腹の底から笑い飛ばしたり
好きなことにいちずになれたり
好きなことを自由にできたり…

そんなちっぽけなことでも
元気になるんだよね

誰かの笑顔や
誰かの優しさや
温かいぬくもりも
元気になるんだよね

いや
きっと一番
そういうものが
元気の糧になっているよね

ひとつとして

ひとつに終わりが近づき
ひとつに足跡が残り
ひとつが過去になろうとしている今

心を決め
心を落ちつけ
そっと見つめ直そう
いままでのひとつひとつを
ひとつとして
どんなひとつだったのかを…
いかなるひとつになったのかを…

心をひとつにして
謙虚に
素直に
まっ正面から
ひとつを分析
ひとつのひとつひとつを反省
そして
生かそう
このひとつを
次のひとつに…。

心の成長時

私の心の魂が
呼び起こされ
心に命が
注ぎ込まれる

裏切られ
沈んだ心と向き合うとき
傷つけられ
痛みにじっと耐えるとき
絶望し
人生の奥深さを知るとき
そして

みつをさんの詩とふれ合うとき

新年を迎えて

やあ、二〇一七年
あけましておめでとう
酉年の今年
私は
どんな私に会おうとしているのか
どんな私に出会えるのだろうか
どんな成長が
どれだけ達成できるのだろうか
心のドキドキが
新しい風景や
新しい季節
新風

そして
新しい私を
見つけてくれるだろう
歩き始めた
新しい年と
新しい私

戌年《いぬどし》を迎えて

私達の住む世界
喜色なく
悲色なる雲たちこめ
何が起こるのか不安定の中
せめて
近辺だけは心安らぐ
空間にしたい
ケン康で
ケン全に
ステップ　ワン　バイ　ワンで
さらに
ケン実に

ケン虚に
ケン討し合う中で
ワンダフルな
ワン　ステップが
ドッグ　ドッグと
湧き出してくるような
生活を送っていこう

無題

みつを

よくまわっているほど
コマは
しずかなんだな

こうじ

心が清い人ほど
人には
やさしいんだよなぁ

吠える犬ほど

ほんとうは
弱いんだよなぁ

心が強い人ほど
自分を
ほめないで
自慢しないんだよなぁ

（注）相田みつをの詩を引用させていただきました。

コツコツと

コツコツ、コツコツと…
私の恩師からの言葉
コツコツ、コツコツと…
私自身を支える言葉
私自身を励ます言葉
私を戒める言葉

今の私にもできる大切なこと
コツコツ、コツコツと…
地道なコツコツが
骨々と
骨組みを太くたくましくしてくれる

コツコツ、コツコツと・・・
私らしく
自分らしく
努力し続けるべきこと

私の心の中で生き続け
信じて疑わない言葉
コツコツ、コツコツと・・・

トレジャー

口先で
どんな良いこと唱えても
人の宝は
心だよね
心の持ち方
心のあり方だよね

うそをつかない心
だまさない心
真実にまっすぐな心

すてきだよね

ピカピカ光っているよね
輝きまくっているよね

さらに
苦楽を分け合い
ささえ合い

平和を愛し
共有する心

何ものにも変えがたい
何ものにも勝る
トレジャー
……だよね

偉大なる空

雨雲は
洗い物の洗濯機
汚れたものを
すっきりきれいに
洗ってくれる

太陽は
洗い物の乾燥機
洗ったものを
さっぱりきれいに
乾かしてくれる

風は
洗い物の芳香剤
干されたものを
ふっくらきれいに
仕上げてくれる

空の偉大さは
それらを住民にしているばかりか
その容量
ふところの無限さ
大切な仲間の存在

だから
空はとてつもなく
偉大なのです

時

いつも
どこでも
どんな状況でも
時は
止まることなく
絶え間なく
刻々と
確実に
同じリズムで刻まれていく

嬉しく幸せな時には
一秒でも

長く……との心になり
辛く悲しくつらい時には
一秒でも
短く……と心願する
そして
そのうち時が解決してくれるとも信じ
心の痛みをやわらげてくれる

時は
どこの
誰にでも
平等に
同じように
カチッ　カチッ　カチッ

だから
大切にしよう
大切にしなければ…
二度と戻ることのない時を

今日の一日を

今朝も
眠りから目を覚ますと
心でつぶやく・・・。
今日も一日、
出来ることをやろう・・・！
今日を大切に、
しっかり生きよう・・・！
ていねいに生きよう・・・！
一生懸命に生きよう・・・！
明日の事は考えることなく。
今日という日の自分には、
もう二度と

出会えないし、
今日は、二度と帰ってこない。
だから
今日という一日を
しっかり生き抜こう・・・！
全力で
そんな自分を大切にしよう・・・！
そんな心を大切にしよう・・・！！

下り道

イヤなことがあり
それが複合的に絡み
悲しみに
突き落とされる
暗さと
憂うつさと
苦悩から
脱出できず
迷い人となる下り道

でも
それは

ひ弱な心への増強剤
上り道への
勢いをつける課程
幸せという上り坂への
加速度をつけるもの
幸せを倍増するための
試練……！

そうなんだ
だから……ネ

小さい器

小さい器だけど
それでいい
それがいい

大きな器は
小さい器に入らない
だけど
小さい器は
大きい器に入る

小さくていい
小さくてもいい

使い道は
決して
小さくなく
狭くもない
小さいが故に多用され
小さいからこそ重宝され
大きな使命をもち
素敵な魅力にあふれ
大きな仕事をもこなす

だから
小さくていい
小さくてもいい
小さいからいい

それぞれに

それぞれが
それぞれに
それぞれであって
それぞれの個性をもち
それぞれの使命をもつ

それぞれが
それぞれに
それぞれを認め
それぞれに接し
それぞれと協力し
それぞれの役割を担う

それぞれが
それぞれであるがゆえ
それぞれが輝き
それぞれが宝である

それぞれには
それぞれの美徳があり
それぞれの尊厳があり
それぞれの生き方がある

手袋

片方の手を
すべり込ませる
大きな心と
握手したようだ

もう片方の手も
ぎゅっと奥まで入れて
両手を組んだら
じわりじわりと
力がわいてきた

自転車を引き出し

今日を始める
今日が始まる
手袋のおかげで

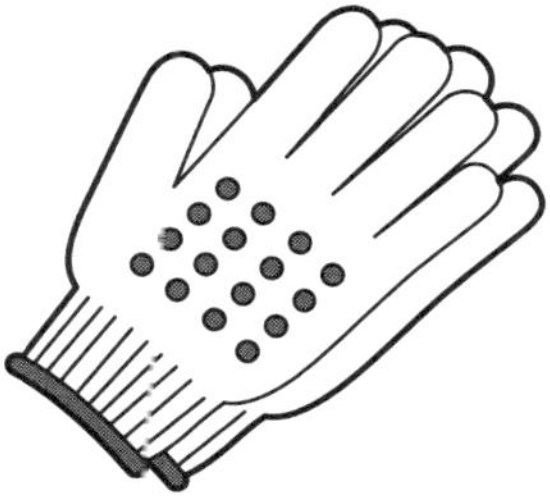

絆への道

優しさ
温かさ
思いやり
気くばり
ぬくもり
心遣い
人情味
包容力
寛容力
そして一途《ひたむき》な愛
人が

人として尊いもの
人として貴いもの

無くてはならない
失くしてはならない
忘れてはいけない
大切にしなければいけない
人格是認要件
人間愛護法
絆への道

つながり

便利な世に中
ないものはない

携帯電話
スマートフォン
ファックス
パソコン
そして
インターネット

世界中につながっているけど
つながってないもの

たったひとつ
平和を結ぶ
細い糸
心をつなぐ
太い糸
人を愛する
強い糸
つながり

明　日

明日は
明るい日と書くけれど
私には
そんな明日が来るんだろうか
つらい今日だし
暗かった昨日だったし
一昨日もいやなことばかり

時間的空間

でも、バッツ
心の中を

マイナスイメージばかりに染めず
心の持ち方を変え
プラス思考を優先せねば・・・・
だって
人生は
受動態ではなく
自ら運命を
明るく切り拓くところに
その価値がある
人としての美学がある
心の中だけでは
弱気な心を捨て
楽しく
笑いある
明るい明日を信じて

たくましく
ワン　ステップを
確実に
踏み出していこう
人としての生き方
私の生き方
私の明日の迎え方

自由に

管理
抑圧
差別

長年忌み嫌ってきた言葉

私達は負けない
正義は負けない

私達は自由だ

学びたい時に

学ぶ
自由に
知りたい時に
知る
自由に
語りたい時に
語る
自由に
自由に飛び回る小鳥のように
自由に泳ぎ回る魚のように

夜間中学生

戦争
貧困
病気

学びたかったけど
行きたかったけど
勉強したかったけど

学校は遠すぎた

片隅で
暗くつらい思いの日々

年を重ね
再び芽生えた学習欲

やっと学べる
やっと行ける
やっと知れる

私の夜間中学

夢とあこがれの学校
私の生欲
生きている証
笑いと楽しさあふれるところ

夜間中学校（1）

いじめ
虐待
放棄

学びに餓え
通いに悲しみ
孤独に耐え

目の前にあるのに
遠すぎた学校

傷がいえ

心が元気になった今

やっと通える
やっと学べる
私の学校
笑いの絶えない
楽しく明るく
充実したところ
夜間中学校
私達の楽園
私達の心のふるさと

夜間中学校（2）

読める喜び
書ける喜び
知れる喜び

あたたかさにあふれ
ぬくもりに満ち
やさしさ広がる

私達の学び舎

心を洗い
心を潤し

心を成長させる
生きる喜び
分かち合える喜び
支え合える喜び
喜び多種で混在するところ
夜間中学

ありがとう

いつも優しく
いつも温かく
そっとそっと
包んでくれたこの教室

つらく悲しく
どうしようもない時に
そっとそっと
優しい声をかけてくれた友達

いつも決して
裏切らないで

心の疲れを飢えをいやしてくれた学校

ほんとうに
ありがとう
そして
無事に今日を迎えられたことに
心から
ありがとう

旅立ちの日に

あの出逢いから
あの巡り逢いから
幾日が過去へと・・・。

同じ門をくぐり
同じ屋根の下
同じ教室で
同じ時空を共にし

共に頭をひねり
共に汗を流し
共に腹の底から笑い

涙を分かち合ったことも・・・

苦悩
困惑
疲労困ぱいで
足が遠のいた日もあったけど
同じ顔ぶれで
同じ心にて
旅立ちの日を迎えられる喜び
変えがたい喜び
込み上げてくる喜び
私達だけの喜び
私達だけの達成感

大空へ、自由に…！　夜中から

さあ
いざ
飛び立て
大空へ
自由に

どんな雨にも
どんな風にも
どんな悪天候にも
たとえ嵐にでも

君には

もう備っている

耐える力
負けない力
正しく判断する力
生き抜く力

さあ
飛び立て
さあ
羽ばたけ
自由に
大空へ
翼を広げて
自信を翼にして

送　辞

長く厳《きび》しかった冬も、ようやく落ち着き、春の兆《きざ》しが一日一日感じられる今、梅《うめ》の花が咲きほこり、春のそよ風が優《やさ》しく吹《ふ》き付《つ》ける季節になってきました。

卒業生の皆《みな》さんは、本日《ほんじつ》、天満中学校夜間学級から巣立《すだ》たれます。卒業生の皆さん、ご卒業おめでとうございます。心から、祝福《しゅくふく》します。

振《ふ》り返《かえ》れば、いつもどんなことにも一生懸命《いっしょうけんめい》取り組んでこられましたね。真剣《しんけん》に「学び」と向き合い、共に泣き、共に笑った今までの日々《ひび》が、とてもすばらしく何物《なにもの》にも変え難《がた》い宝物《たからもの》のように思えています。九年間一途《いちず》にがんばった先輩、学校を一日も休まないで皆勤《かいきん》で今日を迎《むか》える先輩《せんぱい》、掃除《そうじ》のときには率先《そっせん》して向き合い、教室移動《いどう》時や、下校《げこう》時には戸締《とじま》りなど一手《いって》に引き受けてくれた先輩、そして、悩み苦しみ心が沈んでいた時、そっと優しい瞳《ひとみ》を投げかけ、励《はげ》ましてくれた先輩もいました。

学校行事《ぎょうじ》でいうと、新入生歓迎集会《かんげいしゅうかい》では、まだ慣《な》れていない新入生に対して、優しく丁寧《ていねい》に指導《しどう》され、笑顔《えがお》で接する姿には大きな安心感《あんしんかん》と連帯感《れんたいかん》をうえつけていただきました。「天満仲間、心は一つ、天満、天満、最高、、、」と一緒に声を大にして心の底《そこ》から叫びあった時から、本当に心を一つにすることができました。

ミニ運動会、七夕会《たなばたかい》など笑いと歓声《かんせい》に包まれとても楽しかったとも忘れることができません。

二学期には、共に快《こころよ》い汗《あせ》をかき、大声で応援《おうえん》し合った連合運動会「私の人生を、今、顧《かえり》みて」の先輩のスピーチに涙《なみだ》し、昼間の生徒とともに大声を出して歌ったセブンステップやアリラン、優雅《ゆうが》な舞《まい》のダンスを披露《ひろう》した文化発表会、どれも忘れられない思い出となっています。

十一月の修学旅行では、宿泊先《しゅくはくさき》で盛り上がったカラオケ大会、共に枕《まくら》を並《なら》べて過《す》ごせたことも忘れることはないでしょう。

そして、年二回の「府の教育庁との話し合い」では、私たちの学校生活がよりよくなるように、さまざまな問題の改善《かいぜん》への努力をしていただきました。本当に心強《こころづよ》く感じました。ありがとうございました。

数えれば、忘れられない名場面《めいばめん》は、きりがありません。明日《あす》から、その先輩たちが居ないことを考えると、とても寂《さび》しくつらいですが、先輩たちが残してくれた財産《ざいさん》、伝統《でんとう》を大切にして、学校を守っていきますので、どうぞご安心して巣立《すだ》っていってください。

そして、また、これからの人生において、悩んだり、迷《まよ》ったりしたことがあったら、母校《ぼこう》に、仲間に相談《そうだん》してください。私たちは、決して一人ではないことを忘れないでください。深い絆《きずな》のもと、心から語り合える仲間なのですから、、、。

最後に卒業生皆さんに「詩」を送ります。

（この後、「大空へ自由に…！　夜中から」の詩を在校生代表のRさんが読んでくれました。）

おわりに

私は、5年前に希望していた夜間中学に赴任が決まった時、願ってはいたものの、今までとは全く質を異にする生活サイクル、学校教育内容で、とまどいの連続だったことを昨日のように思い出します。

さらには、生徒さん達は、私よりも殆どはるかに年上で、いわば人生の大先輩にあたる人達ばかりで、「はたして、私に教えられるのだろうか。どう接していったらいいのか。」と不安ばかりが先走っていた自分自身の姿を今、鮮明に思い出します。

でも、心配もさほど長続きはせず、日々、明るく、笑顔を絶やさず「学び」に真剣に向き合い続ける姿に、心奪われ、生きる刺激をもらい続け、「学ぶことが生きる力そのもの」と確信するのに、そんなに時間を要しませんでした。

私の慣れない、心もとない教えにも、目を輝かせて、イキイキと一生懸命学ぶ姿に、生徒さん達の「学ぶ喜び」と教える私に、「大きな愛」を感じずにはいられませんでした。

そんな生活の中、少しでも生徒さんに、心の栄養剤、活力剤を与えることができたら…と思い、作詩し紹介する中で、お互いに「生きることを共に考えていきましょう。……。」

と暗黙の共通理解への努力をしてきました。

「詩」そのものは、まったくたいしたものでもなく、文学的価値もないとは思いますが、生徒さん達に訴えたいことは、まっ裸な自分になって、訴えてきたつもりです。

また、まだまだ社会には「学び始めたい。」「学び直したい。」という思いを抱く人も少なくないと思われますが、夜間中学の存在そのものを、いや、それさえも未だ知らない人も、また少なくないと思われます。

それ故、少しでも知ってもらいたいという広報の意味もなくもありません。夜間中学の存在を知ってもらい、その魅力を認知し、夜間中学の門を勇気をもってたたいてもらい、入学する人が少しでも増え、ひいては生き生きと人生を再構築できる人が、少しでも増えて欲しい…との願いからも、出版を決意した次第であります。

「義務教育機会確保法」の法律が成立し、各都道府県に少なくとも一校の夜間中学の設立をめざす気運が高まる中、少しでも私のささやかな詩集がささやかな刺激なるもの…となっていただければ、この上ない喜びでもあります。

詩集の出版に際し、それを後押ししてくださった「風詠社」の方々に心より感謝し、お礼を述べさせていただきます。

本当にありがとうございました。心より深く感謝申し上げます。

玉川　浩二（たまがわ　こうじ）

1957 年鹿児島生まれ。京都外国語大学卒業後、教員として
大阪市内の中学校に勤務。2018 年 3 月、退職。
現在、鹿児島県志布志市在住。

大空へ、自由に…！　夜間中学より

2018 年 7 月 10 日　第 1 刷発行

著　者　玉川浩二
発行人　大杉　剛
発行所　株式会社 風詠社
〒 553-0001　大阪市福島区海老江 5-2-7
ニュー野田阪神ビル 4 階
TEL 06（6136）8657　http://fueisha.com/
発売元　株式会社 星雲社
〒 112-0005 東京都文京区水道 1-3-30
TEL 03（3868）3275
装幀　2 DAY
印刷・製本　シナノ印刷株式会社

ISBN978-4-434-24905-1 C0092

乱丁・落丁本は風詠社宛にお送りください。お取り替えいたします。